Analyse de l'œuvre

Par Amandine Farges

King Kong théorie

Virginie Despentes

lePetitLittéraire.fr

Analyse de l'œuvre

Par Amandine Farges

King Kong théorie

Virginie Despentes

lePetitLittéraire.fr

Rendez-vous sur lepetitlitteraire.fr et découvrez :

Plus de 1200 analyses
Claires et synthétiques
Téléchargeables en 30 secondes
À imprimer chez soi

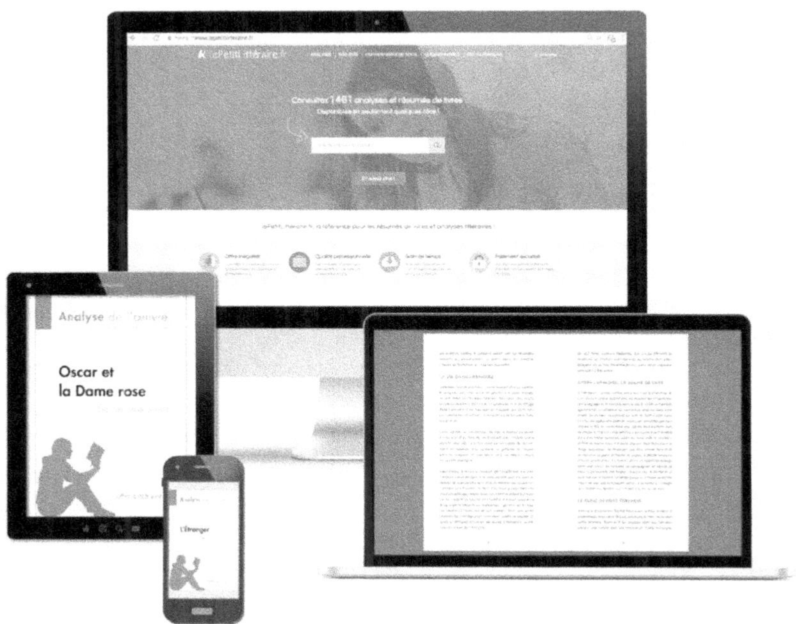

KING KONG THÉORIE

MANIFESTE FÉMINISTE

- **Genre :** essai
- **Édition de référence :** *King Kong Théorie*, Paris, Le Livre de Poche, 2007, 160 p.
- **1re édition :** 2006
- **Thématiques :** féminisme, autobiographie, manifeste, viol, prostitution, pornographie, punk

Virginie Despentes publie en 2006 *King Kong* Théorie (à présent vendu à 185 000 exemplaires et traduit en seize langues). Elle a déjà connu le succès et le scandale avec son roman *Baise-moi*, dont elle reprend ici de nombreux thèmes (viol, pornographie, violence et critique de la société patriarcale) en leur donnant une assise théorique.

En effet Virginie Despentes, usant du style cru et provocateur qui est devenu sa marque de fabrique, se penche, dans cet essai qui tient du manifeste féministe, sur ce qu'elle a traversé – l'assignation à la féminité, le viol, la prostitution, le succès littéraire – pour essayer de comprendre ce que veut dire être femme dans une société patriarcale.

Dès sa parution, *King Kong Théorie*, encore aujourd'hui largement cité et étudié, a fait de son autrice la « papesse du nouveau féminisme », rôle que Virginie Despentes, franc-tireuse, s'est empressée de rejeter, sans pour autant renier son implication et son engagement dans le mouvement féministe et lesbien. Reste que, plus de dix ans avant le mouvement MeToo, l'autrice a fait retentir sa voix de femme.

VIRGINIE DESPENTES

ÉCRIVAINE FRANÇAISE

- **Né en 1969 à Nancy.**
- **Quelques-unes de ses œuvres :**
  - *Baise-moi* (1994), roman
  - *Apocalypse Bébé* (2010), roman
  - *Vernon Subutex* (2015), roman

Après une jeunesse agitée – internement en hôpital psychiatrique, alcoolisme, prostitution –, Virginie Despentes s'est fait connaitre en 1994 à la publication de son premier roman, *Baise-moi*, livre coup-de-poing mélangeant sexe, violence et féminisme. Elle adaptera elle-même son livre au cinéma en 2000, en collaboration avec Coralie Trinh Thi.

Autrice d'une dizaine de romans, Virginie Despentes est connue pour son style direct, son intérêt pour l'époque contemporaine et pour la musique punk. Sa trilogie *Vernon Subutex,* qui suit les traces d'un ancien disquaire obligé de fermer boutique, a connu un immense succès.

Autrice, traductrice et réalisatrice, Virginie Despentes prend souvent la parole, à travers des tribunes ou des lettres ouvertes, pour réagir à des faits d'actualité. Elle a notamment pris position au moment des attentats contre Charlie Hebdo ou au sujet de la cérémonie des Césars qui a honoré Roman Polanski.

RÉSUMÉ

En introduction de son essai, Virginie Despentes dresse un portrait sommaire d'elle-même afin d'expliquer quelle femme prend ici la parole. Dans un incipit devenu célèbre, elle se positionne tout de suite comme faisant partie des femmes pour qui la féminité ne va pas de soi : « J'écris depuis les moches, pour les moches, les vieilles, les camionneuses, les frigides, les mal baisées, les imbaisables, les hystériques, les tarées, toutes les exclues du grand marché à la bonne meuf » (p. 9). Elle ne laisse pas pour autant de côté les hommes dans sa réflexion puisque, dans ce marché de la séduction stéréotypée, hommes et femmes subissent la même oppression dès qu'ils s'éloignent des standards. Puis, après avoir expliqué quelle femme prend ici la parole, l'autrice décrit la société dans laquelle cette parole émerge. Une société où, si les femmes ont acquis de nombreux droits, elles restent pourtant tributaires des injonctions liées à leur sexe. Encore une fois, dans son constat Virginie Despentes n'oublie pas les hommes : « La virilité traditionnelle est une entreprise aussi mutilatrice que l'assignement à la féminité » (p. 28).

Tout au long de *King Kong Théorie*, l'essayiste part donc de son expérience personnelle pour réfléchir et donner son point de vue sur la vie des femmes en France à la fin du XXe siècle.

UNE FÉMINISTE PRO-SEXE

Ainsi, lorsqu'elle évoque le viol qu'elle a subi en juillet 1986, à la sortie d'un concert, alors qu'elle faisait du stop avec une amie, elle ne s'attarde pas sur l'agression en elle-même (les deux jeunes filles montent dans la voiture de trois « lascars, blancs, typiques banlieusards de l'époque ». Après avoir joué la sympathie, ces derniers violent, sous la contrainte d'un fusil, les deux amies), mais bien sur la façon dont ce viol deviendra un épisode fondateur de sa construction. Sa suite et ses conséquences vont en effet permettre à Virginie Despentes de réfléchir sur la place des femmes dans la société. Passant par différentes étapes après le viol, et confrontée au silence des livres sur ce sujet, c'est la penseuse Camille Paglia qui va lui donner la clé de sa prise de conscience. Cette féministe américaine largement controversée encourage les femmes à faire face à ce risque : « Pour la première fois, quelqu'un valorisait la faculté de s'en remettre, plutôt que de s'étendre complètement sur le florilège des traumas » (p. 42). En effet, cultiver la peur du viol chez les filles, n'est-ce pas une façon de les garder sous surveillance ? Ne pas considérer la violence comme une réponse adéquate à la violence du viol, n'est-ce pas une façon de s'assurer que les femmes restent faibles ?

Dans la même optique, l'autrice continue son propos en abordant, toujours en partant de son expérience propre, le difficile sujet de la prostitution. Celle qui s'est prostituée, de façon occasionnelle, durant deux années, fait un parallèle entre la prostitution, interdite et scandaleuse (« Échanger un service sexuel contre de l'argent, même dans de bonnes conditions, même de son plein gré, est une atteinte à la dignité de la femme », p. 58), et le mariage, dans lequel, selon elle, la femme se met de la même façon à la disposition d'un homme contre de l'argent (ici une protection financière). En effet, dans la société telle que nous la connaissons, un rapport d'infériorité et de dépendance lie les femmes, toujours moins bien payées que les hommes, à leur compagnon. Pour Virginie Despentes, nier à la femme la possibilité de choisir, en toute conscience, cette activité, tout en trouvant normal qu'une femme soit entretenue par son mari constitue l'une des grandes hypocrisies de la société. Pour elle, il conviendrait au contraire de remettre en question le mariage, tout comme le travail salarié, mais aussi de décriminaliser la sexualité masculine, encore et toujours suspectée d'être dangereuse.

Dans le cas de Virginie Despentes, la prostitution lui a permis de tester les attributs de la féminité, talons hauts, bas résille et de découvrir l'incroyable pouvoir que cela donne sur les hommes. Reliant son activité de prostitution au viol, elle explique que la prostitution a également été pour elle une étape de reconstruction particulièrement importante : « une entreprise de dédommagement, billet après billet, de ce qui m'avait été pris par la brutalité. Ce que je pouvais vendre, à chaque client, je l'avais donc gardé intact » (p. 72).

Un autre sujet qui tient à cœur Virginie Despentes, dont le film *Baise-moi* tourné avec des actrices de films X et montrant des scènes de sexe explicites a été censuré, est le porno. L'autrice se demande en effet ce que renferme le cinéma porno de si crucial qu'il suscite sans cesse des réactions si outrées et une résistance qui ne se dément jamais. En préambule de son propos, elle tient cependant à déclarer que les conditions de tournage et les salaires proposés aux filles sont parfois scandaleux. Mais quel autre scandale que celui-là ? En effet, l'opprobre que sont censées connaitre les actrices n'est peut-être qu'une projection de ceux qui les condamnent, puisqu'elles sont considérées par de nombreux hommes comme des déesses. Alors que leur reproche-t-on ou que veut-on leur refuser ? D'adopter une sexualité qu'on voudrait croire l'apanage des hommes ? N'est-ce pas surtout la peur de voir proclamer haut et fort l'existence d'un désir féminin qui jusqu'il y a peu était passé sous silence ?

LE RÊVE D'UNE SOCIÉTÉ NON GENRÉE

Enfin, dans la dernière partie du livre, un chapitre va enfin expliciter le titre de l'essai puisque Virginie Despentes y déploie son interprétation de l'œuvre *King Kong* où le personnage du singe, ni homme ni femme, rencontre une femme blonde avec laquelle il noue une relation qui semble la métaphore d'une « sexualité d'avant la distinction des genres ». Bien évidemment, dans la société qui est la nôtre, une relation telle que celle-là ne peut perdurer et la blonde est sommée d'abandonner King Kong pour suivre l'homme vers la ville.

À Virginie Despentes, cette possibilité pour une femme de vivre en dehors de son genre a été offerte par le punk-rock dont les codes cassent toute assignation aux valeurs portées par la société : les « punkettes » ne portent pas de vêtements féminins, les punkettes boivent, se bagarrent comme des hommes. Pour l'autrice, le « backlash » (retour de bâton) sera au rendez-vous de la publication de son livre *Baise-moi*. Plus qu'un écrivain, elle se découvre alors un « écrivain femme », auquel on dénie la possibilité de porter une quelconque théorie : « On est sous-titrées, tout le temps, parce qu'on ne sait pas ce qu'on a à dire » (p. 119).

En guise de conclusion, Virginie Despentes appelle à se mobiliser, à prendre conscience de combien la société enferme ses femmes dans des rôles étriqués.

C'est un appel clairement politique, car à la minorité sexuelle s'ajoute souvent la question du milieu social ou de la race. Une femme noire est ainsi doublement opprimée. C'est le système capitaliste dans son ensemble qu'il faut combattre, afin de libérer les femmes de cette vision étriquée de l'éternel féminin qu'on fait peser sur elle, mais également pour rendre possible l'émancipation masculine : « Il ne s'agit pas d'opposer les petits avantages des femmes aux petits acquis des hommes, mais bien de tout foutre en l'air » (p. 145).

ÉCLAIRAGES

King Kong Théorie, écrit au début des années 2000, interroge la situation de la femme dans la société contemporaine, les rapports hommes/femmes et le genre au XXᵉ siècle en s'inspirant des pensées féministes déjà développées. En mettant en exergue de chaque partie de son essai la citation d'une féministe, de différentes périodes ou différentes sensibilités (Virginia Woolf, Angela Davis, Gail Pheterson, Annie Sprinkle, Simone de Beauvoir), Virginie Despentes prend clairement place dans la lignée du mouvement et de la pensée féministe, qu'elle va ici dynamiter pour faire advenir, par ses réflexions et ses prises de position novatrices, la quatrième vague.

L'histoire du féminisme a en effet vu se succéder plusieurs mouvements, que l'on qualifie aujourd'hui de « vagues » (au sein de celles-ci se trouvent bien évidemment des courants de pensée divers) :

- La première vague : on situe en général les premiers rassemblements de femmes en vue de lutter pour leurs droits au milieu du XIXᵉ siècle. À cette époque, les principales revendications portent sur l'autonomie financière des femmes et la réforme de l'éducation des filles, avant de s'orienter vers le droit de vote. L'effort de guerre auquel participent amplement les femmes ébranle ensuite la répartition des rôles au sein de la société, permettant à la « femme moderne » de s'imposer ;

- La deuxième vague commence au milieu du XXe siècle. En France, on a coutume de dater son apparition avec la publication du *Deuxième sexe* de Simone de Beauvoir, en 1949. Cette deuxième vague, notamment avec la création du MLF, fait apparaitre de nouvelles revendications, plus particulièrement liées à la vie intime : maitrise de la contraception et droit à l'avortement... Les femmes clament que « leur corps leur appartient » et qu'elles sont donc les seules à pouvoir faire les choix qui le concernent ;

- La troisième vague réunit plusieurs revendications, puisque les mouvements féministes intègrent en leur sein d'autres groupes minoritaires : femmes de couleur, personnes LGBT, prostituées, handicapées, etc. Cette diversité influe sur les modes d'action qui se multiplient et sur les prises de position qui s'affrontent parfois ;

- C'est des convictions et des combats de la troisième vague que s'est nourrie Virginie Despentes pour écrire son essai *King Kong Théorie*, véritable manifeste pour un nouveau féminisme et fer de lance de la quatrième vague ;

- La quatrième vague est de fait la dernière en date. On en voit les premiers frémissements au début du XXIe siècle, notamment avec l'essor d'Internet et des réseaux sociaux qui permettent une nouvelle forme de rassemblements et de militantisme. Cette quatrième vague porte surtout les questions de violences faites aux femmes, agressions sexuelles et sexistes, harcèlement, etc. Les réseaux sociaux, et notamment Twitter, sont partie prenante du mouvement avec l'apparition des hashtags #MeToo et, en France, #balancetonporc.

Dans *King Kong Théorie,* Virginie Despentes se nourrit aussi tout particulièrement des réflexions des grandes féministes américaines, alors méconnues en France : Joan Riviere, Gail Pheterson, et surtout Judith Butler et sa théorie du genre : « L'éternel féminin est une énorme plaisanterie » (p. 143).

L'autrice interroge en effet le genre tout au long de cet essai, qui tire d'ailleurs son titre d'une interprétation de l'œuvre *King Kong* (réalisée une première fois en 1933 et reprise ensuite en 2005 par Peter Jackson) « comme la métaphore d'une sexualité d'avant la distinction des genres telle qu'imposée politiquement autour de la fin du XIXe siècle » (p. 112). Elle se définit, et se revendique, comme une femme non genrée, expliquant que ce qu'elle aime chez elle est ce qui est viril : « Tout ce que j'aime de ma vie, tout ce qui m'a sauvée, je le dois à ma virilité » (p. 11). Elle reprend ainsi l'idée de Judith Butler pour qui le genre est performatif : la masculinité et la féminité n'existent qu'à travers des mises en scène, des perfor-mances d'eux-mêmes.

On voit donc que Virginie Despentes se trouve claire-ment à la jonction de la troisième vague, à laquelle elle emprunte ses réflexions sur les minorités et le genre, et de la quatrième vague, qu'elle appelle de ses vœux : « Le féminisme est une révolution, pas un réaménagement des consignes marketing, pas une vague promotion de la fellation ou de l'échangisme, il n'est pas seulement question d'améliorer les salaires d'appoint » (p. 145).

Dans son nouveau féminisme, Virginie Despentes rejoint les mouvements « pro sexe », puisqu'elle se déclare non-abolitionniste et pro-porno, mais ouvre surtout la voie, onze ans avant l'affaire Weinstein, à la libération de la parole des femmes.

Elle condamne une société où être femme ne peut se faire sans le désir de l'homme, sans le propre désir des femmes d'être prises en charge par eux et appelle de ses vœux une révolution féministe, loin d'un discours qu'elle juge « confisqué » par les « blanches bourgeoises hétérosexuelles ».

ESSAI GONZO

Au début des années 1970, Hunter S. Thompson, connu pour avoir écrit *Las Vegas Parano*, publiait un article dans lequel il faisait le récit de son intégration dans un groupe de Hell's Angels. Le journalisme « Gonzo » était né. Innovant tout à la fois dans la méthode d'enquête et le style d'écriture, le journalisme gonzo ne prétend pas à l'objectivité. En effet, le journaliste y devient lui-même un protagoniste de son propre reportage, qu'il rédige d'ailleurs à la première personne.

C'est cette subjectivité revendiquée que reprend à son compte Virginie Despentes dans *King Kong Théorie*, essai gonzo s'il en est, puisque l'autrice y assume, dès les premières pages, la position toute personnelle à partir de laquelle elle prend la parole : « Et je commence par là pour que les choses soient claires : je ne m'excuse de rien, je ne viens pas me plaindre. Je n'échangerais ma place contre aucune autre, parce qu'être Virginie Despentes me semble être une affaire plus intéressante à mener que n'importe quelle autre » (p. 11).

À la manière de Montaigne qui indiquait en préambule de ses *Essais* : « Ainsi, lecteur, je suis moi-même la matière de mon livre », Virginie Despentes théorise, dans cet essai à la forme particulièrement originale, en partant de sa propre expérience de femme « mal dans son genre », de femme victime de viol, de prostituée occasionnelle puis de romancière à succès que l'autrice va chercher à comprendre comment la société patriarcale assoit sa domination sur le sexe féminin. Elle n'en oublie pas pour autant de développer son discours en s'appuyant sur de nombreuses références théoriques : écrits de féministes américaines, poètes ou romancières français, historiens, etc. La bibliographie de *King Kong Théorie* compte en effet 47 entrées.

Un autre aspect par lequel *King Kong Théorie* se distingue clairement d'un essai traditionnel est le style cru utilisé par Virginie Despentes. L'autrice qui a souvent parlé de son amour pour Charles Bukowski et pour sa langue orale, toujours proche de la vulgarité, construit ici sa pensée en utilisant un langage qui n'est pas courant pour des ouvrages théoriques. Ainsi, les cent-cinquante pages de cet essai sont émaillées de termes familiers : « chialent » (p. 13), « engueuler » (p. 17), « naze » (p. 18), « faire des gosses » (p. 19), etc.

D'autre part, sa langue orale ne s'encombre pas du « ne » qui marque la négation, mais construit des phrases au style trash et largement provocateur pour fabriquer des formules chocs : « Je m'en tape que le héros porte une jupe et des gros nibards ou qu'il bande comme un cerf et fume le cigare » (p. 144). Les titres des parties eux-mêmes n'échappent pas à cette coloration puisque, par exemple, la deuxième partie s'intitule « Je t'encule ou tu m'encules ».

Par de multiples aspects, Virginie Despentes prend ainsi la parole de façon différente, ce qui n'est pas innocent puisque son but est bien de se faire la porte-parole d'un nouveau féminisme.

UN POSITIONNEMENT SINGULIER SUR DES SUJETS DE SOCIÉTÉ

Se prenant comme objet d'étude, Virginie Despentes nous explique comment ses expériences ont façonné ses convictions.

Le viol

À 17 ans, elle et une de ses amies sont violées par trois hommes qui les ont prises en stop au retour d'un concert. Ce n'est que des années plus tard, lorsqu'une fille qu'elle connait se fait violer, qu'elle commence à accepter ce qui lui est arrivé, à faire sien cet évènement qu'elle avait jusqu'à présent vaillamment contourné.

« Post-viol, la seule attitude tolérée consiste à retourner la violence contre soi. Prendre vingt kilos, par exemple. Sortir du marché sexuel, puisqu'on a été abîmée, se soustraire soi-même au désir » (p. 48). C'est contre cela que Virginie Despentes se lève, en choisissant des voies tout à fait particulières. En 1990, elle découvre la féministe américaine Camille Paglia qui propose de penser le viol comme un risque à prendre, inhérent à la condition de fille. La lecture des thèses de cette essayiste va profondément changer la vision de la vie et du féminisme de Virginie Despentes.

La prostitution

En 1991, l'idée de se prostituer lui vient par le minitel. Elle travaille alors à Lyon, dans un supermarché, au développement des photos en une heure. En révolte contre le système, elle reçoit comme une violence le fait de devoir travailler pour gagner si peu : « Je regardais les femmes plus vieilles que moi, toute une vie à bosser comme ça, pour gagner des SMIC à peine améliorés et à cinquante balais se faire engueuler par le chef de rayon parce qu'on sort trop souvent pisser » (p. 61). Elle se prostitue alors de façon épisodique pendant deux ans. Pour ce faire, elle adopte les attributs classiques de la féminité, jupe courte et talons hauts, qu'elle n'avait jusqu'alors jamais portés. En effet, elle s'était toujours sentie moche, plus désirante que désirable, ce qui lui convenait. Cette découverte du jeu de la séduction lui procure une sensation de puissance par le pouvoir que cela lui donne sur les hommes.

C'est aussi à cette époque qu'elle écrit *Baise-moi* (en avril 1992) qui lui apportera le succès et la notoriété. Mais avant qu'il soit publié, elle travaille dans des salons de massage dans lesquels elle pourra remarquer que les filles qui se livrent à la prostitution ne participent pas d'un genre particulier, mais ont des profils très divers : belle Black fiancée à un homme qu'elle aime, diplômée d'études de commerce rêvant d'un travail dans l'humanitaire, etc. En revanche, une fois arrivée à Paris, en 1993, la prostitution lui semble plus difficile, au regard du nombre de filles qui la pratiquent et des conditions de travail dégradées.

La vision de la prostitution développée par Virginie Despentes dans *King Kong Théorie* la place clairement du côté des féministes pro-sexe qui s'opposent aux théories abolitionnistes ou prohibitionnistes. Pour elles les femmes sont capables de – et doivent – se réapproprier politiquement et économiquement la prostitution. En effet, pour l'autrice, la vraie violence faite aux femmes, c'est celle que connaissent les femmes pauvres qui travaillent dans de mauvaises conditions pour un salaire de misère.

Dans le cas de Virginie Despentes, l'activité de prostitution durera environ deux ans et prendra fin au moment où son roman *Baise-moi* est finalement publié.

La pornographie

EN 2000, elle réalise elle-même l'adaptation de son roman au cinéma, en collaboration avec Coralie Trinh Thi, ancienne actrice de films X. Jouent également dans son film les actrices de films pornographiques Karen Lancaume et Raffaëla Anderson. Cela est une des raisons pour lesquelles le film sera interdit en salle aux moins de 18 ans.

Au sujet de la pornographie, Virginie Despentes rejoint également les convictions des féministes pro-sexe puisqu'elle réfute l'idée que la pornographie serait une exploitation du corps : « Dans le discours anti-pornographique, on se perd rapidement : au fait, qui est la victime ? Les femmes qui perdent toute dignité du moment qu'on les voit sucer une bite ? Ou les hommes, trop faibles et inaptes à maîtriser leur envie de voir du sexe, et de comprendre qu'il s'agit uniquement d'une représentation ? » (p. 99-100).

Si Virginie Despentes se rapproche donc sur de nombreux sujets des féministes pro-sexe, elle garde toutefois une réelle liberté de ton pour affirmer, haut et fort, ce qu'elle est et ce qu'elle pense.

APPEL À UNE RÉVOLUTION FÉMINISTE

Le féminisme est un humanisme.

Dans son essai, Virginie Despentes s'adresse à toutes les femmes, mais également aux hommes puisque, selon elle, la virilité traditionnelle est une entreprise aussi mutilatrice que l'assignement à la féminité.

King Kong Théorie plaide donc tout à la fois pour une révolution féministe et pour l'émancipation masculine. Par exemple, à travers sa réhabilitation de la prostitution, c'est aussi contre la vision criminalisée de la sexualité masculine que s'élève Virginie Despentes : « quand on affirme que la prostitution est une "violence faite aux femmes", on veut nous faire oublier que c'est le mariage qui est une violence faite aux femmes, et d'une manière générale, les choses telles que nous les endurons. [...] La sexualité masculine en elle-même ne constitue pas une violence sur les femmes, si elles sont consentantes et bien rémunérées » (p. 85).

Virginie Despentes inclut les hommes dans son texte et surtout dans son désir de mettre à mal les hiérarchies sur lesquelles s'est construite notre société. Selon elle, il convient en effet de se lever ensemble contre les assignations qui pèsent sur les femmes et les hommes. Son féminisme, loin de se cantonner à des questions de mœurs, est une véritable entreprise de déconstruction de la société capitaliste, puisque : « Le capitalisme est une religion égalitaire, en ce sens qu'elle nous soumet tous, et amène chacun à se sentir piégé, comme le sont toutes les femmes » (p. 30).

Le féminisme est une lutte des classes.

Virginie Despentes, dès les premières pages de son essai, se présente comme une « prolotte de la féminité » (p. 10), se dressant contre un journaliste qui feint de croire que la « féminité n'a pas de race, pas de classe, n'est pas construite politiquement » (p. 130).

Dans *King Kong Théorie*, l'autrice développe au contraire sa pensée en s'éloignant du discours féministe « confisqué par les blanches bourgeoises hétérosexuelles ». En décortiquant les mécanismes qui sont conçus pour assujettir les femmes, elle se rend compte que ceux-ci sont particulièrement efficients pour les femmes les plus fragiles socialement. Virginie Despentes prend donc la parole au nom des minorités : les femmes, les racisées, les prolétaires. Avant l'heure, elle invente la « convergence des luttes ».

À ce sujet, la scène entre Paris Hilton et Jamel Debbouze que nous narre, aux pages 106 et 107, l'autrice est particulièrement éclairante : quand une femme riche fait face à un homme d'une classe sociale inférieure, on se rend compte que le pouvoir est toujours entre les mains de la classe dominante. C'est contre cet état de fait que *King Kong Théorie* est écrit, contre toutes les assignations et dominations, pour une révolution collective :

« Le féminisme est une révolution, [...] une aventure collective, pour les femmes, pour les hommes, et pour les autres. [...] Il ne s'agit pas d'opposer les petits avantages des femmes aux petits acquis des hommes, mais bien de tout foutre en l'air » (p. 145).

PISTES DE RÉFLEXION

QUELQUES QUESTIONS
POUR APPROFONDIR SA RÉFLEXION...

- Connaissez-vous des œuvres et/ou des penseuses représentatives de chacune des vagues féministes ? Vous semblent-elles porter des discours très différents ?

- La vision de la société développée par Virginie Despentes dans sa tribune publiée dans *Libération,* « On se lève, on se casse », vous parait-elle cohérente avec les réflexions présentées dans *King Kong Théorie* ?

- *King Kong Théorie* peut être qualifié d'« essai gonzo ». Avez-vous connaissance d'autres œuvres que l'on pourrait classer dans cette catégorie ? Quels effets les auteurs visent-ils en utilisant ce genre littéraire ?

- La musique a toujours eu une large place dans la vie de Virginie Despentes. À quel(s) niveau(x) imprègne-t-elle ses différents écrits ?

- Au sujet du viol, Virginie Despentes écrit : « Il est fondateur. De ce que je suis en tant qu'écrivain, en tant que femme qui n'en est plus tout à fait une. C'est en même temps ce qui me défigure, et ce qui me constitue » (p. 53). Qu'en pensez-vous ?

- Dans *Mes bien chères sœurs*, Chloé Delaume lance un appel à la sororité. Selon vous, était-il déjà présent dans *King Kong Théorie* ? Développez.

- Plusieurs œuvres de Virginie Despentes ont été portées à l'écran, en quoi son écriture vous semble-t-elle facile à adapter au cinéma ?

- Dans *King Kong Théorie*, Virginie Despentes affirme : « Comment explique-t-on qu'en trente ans aucun homme n'a produit le moindre texte novateur concernant la masculinité ? » (p. 141). Selon vous, les choses ont-elles changé depuis 2006 ?

POUR ALLER PLUS LOIN

ÉDITION DE RÉFÉRENCE

- DESPENTES V., *King Kong Théorie*, Paris, Le Livre de Poche, 2007, 160 p.

ÉTUDES DE RÉFÉRENCE

- BUTLER J., *Trouble dans le genre ; pour un féminisme de la subversion*, Paris, La Découverte, 2005.

- LOHISSE J., *Les Systèmes de communication, approche socio-anthropologique*, Paris, éditions Armand Colin, 1998.

- MONTAIGNE, *Les Essais*, « Au lecteur », Paris, Quadrige, 1965.

- THOMPSON H.S., *Hell's Angels*, New York, Random House, 1966

ADAPTATIONS

- *King Kong Théorie*, mise en scène de Vanessa Larré, La Pépinière Théâtre-Paris, 2014.

- *King Kong Théorie*, mise en scène d'Émilie Charriot, Théâtre Arsenic-Lausanne, 2014.

- *King Kong Théorie*, mise en scène de Julie Nayer, assistée de Lisa Cogniaux, Théâtre de la Toison d'or, Bruxelles, Belgique, 2016-2019.

- *King Kong Théorie, le manifeste de Virginie Despentes sur scène*, adaptation théâtrale par Émilie Charriot, 2017.

- *King Kong Théorie*, mise en scène Vanessa Larré, TNP - Villeurbanne, Théâtre de l'Atelier – Paris, 2017-2018.

Votre avis nous intéresse !
Laissez un commentaire sur le site de votre librairie en ligne
et partagez vos coups de cœur sur les réseaux sociaux !

lePetitLittéraire.fr

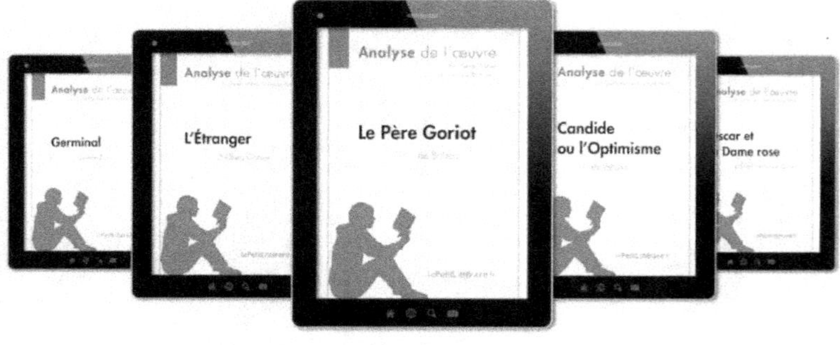

- un résumé complet de l'intrigue ;
- une étude des personnages principaux ;
- une analyse des thématiques principales ;
- une dizaine de pistes de réflexion.

Retrouvez
notre offre complète sur
lePetitLittéraire.fr

L'éditeur veille à la fiabilité des informations publiées,
 lesquelles ne pourraient toutefois engager sa responsabilité.

www.lepetitlitteraire.fr

ISBN version numérique : 9782808026116
ISBN version papier : 9782808026123
Dépôt légal : D/2021/12603/146

Conception numérique : Primento,
le partenaire numérique des éditeurs.

9 782808 026123